16 Juin 1900

V

VENTE

Du Samedi 16 Juin 1900

HOTEL DROUOT, SALLE N°

à 2 heures 1/4

MOBILIER ARTISTIQUE

des Styles et des époques

RENAISSANCE ET XVIIIe SIÈCLE

OBJETS D'ART

TABLEAUX

SUITE DE

Quatre belles Tapisseries d'Aubusson

Représentant " LES SAISONS "

AUTRES DE LA RENAISSANCE

Me G. DUCHESNE
Commissaire-Priseur
6, rue du Hanovre, 6

M. A. BLOCHE
Expert
28, rue de Châteaudun, 28

EXPOSITION PUBLIQUE

Le Vendredi 15 Juin 1900, de 2 heures à 6 heures

CATALOGUE

DES

MOBILIER ARTISTIQUE

DES STYLES & DES ÉPOQUES

RENAISSANCE ET XVIIIe SIÈCLE

Ameublements de Salons, Chambres à Coucher, Salle à Manger, Vitrines, Glaces, Tables, Guéridons, Consoles, Horloge, Toilette, Sièges variés.

OBJETS D'ART

Bronzes, Porcelaines, Bois sculptés, Tableaux.

SUITE DE

4 BELLES TAPISSERIES D'AUBUSSON

Représentant " LES SAISONS "

AUTRES DE LA RENAISSANCE

Tentures, Tapis.

DONT LA **VENTE** AURA LIEU

HOTEL DROUOT, SALLE N° !

Le Samedi 16 Juin 1900, à 2 heures 1/4

Me G. DUCHESNE
COMMISSAIRE-PRISEUR
6, Rue du Hanovre, 6

M. A. BLOCHE
Expert près la Çour d'Appel
28, Rue de Châtaudun

Chez lesquels on trouve le present Catalogue

EXPOSITION PUBLIQUE

Le Vendredi 15 Juin 1900, de 2 h. à 6 h.

CONDITIONS DE LA VENTE

Elle sera faite au comptant.

Les acquéreurs paieront 5 o/o en sus des prix d'adjudication.

L'exposition mettant le public à même de se rendre compte de l'état et de la nature des objets compris dans ce catalogue, aucune réclamation ne sera admise une fois l'adjudication prononcée

Paris. — Imp. Ménard et Chaufour, 8-10, rue Milton.

DÉSIGNATION

TAPISSERIES

1 — Suite de quatre belles tapisseries de la manufacture d'Aubusson représentant les Saisons. Compositions à figures mythologiques, déesses et amours dans des paysages fleuris et accidentés, avec vues de châteaux et de cascades en perspective. Bordures à enroulements enguirlandés de fleurs.

Ces tapisseries des plus décoratives sont en très bon état de conservation.

2 — Tapisserie de la Renaissance représentant une scène de bataille, composition d'une foule de petits personnages, costumes de l'époque.

3 — Tapisserie de la Renaissance représentant une scène de chasse ; compositions de nombreuses figures en costumes du temps.

4 — Portière en tapisserie ancienne.

MEUBLES

5 — Belle vitrine en acajou, ornée de bronzes dorés, style Louis XVI, intérieur garni en peluche, tablettes à glaces.

6 — Jolie glace trumeau en bois sculpté et doré du temps de Louis XVI, fronton à groupe de pigeons et couronne de fleurs.

Haut. : 2 m. Long. : 1 m.

7 — Autre glace analogue à la précédente,

peinture à groupe de pigeons et couronnes de rubans. Mêmes dimensions.

8 — Table rectangulaire à quatre pieds en bois sculpté et doré, ceinture à rosaces et enroulements à jours, entrejambe surmontée d'un vase. Dessus de marbre. Epoque Louis XVI.

9 — Guéridon rond en bois sculpté et doré, à quatre pied reliés par une entrejambe surmontée d'une corbeille de fleurs et fruits. Dessus de marbre blanc. Epoque Louis XVI.

10 — Console en bois sculpté et doré, à deux pieds reliés par une entrejambe, à vase de fleurs, ceinture ajourée avec guirlandes de fleurs. Dessus de marbre. Epoque Louis XVI.

11 — Console d'angle en bois sculpté peint, ceinture à entrelacs et guirlandes de fleurs. Dessus de marbre. Epoque Louis XVI.

12 — Corps de harpe en bois sculpté. Epoque Louis XVI.

13 — Deux parties de fronton en forme de consoles renversées en noyer sculpté. Epoque Louis XIII.

14 — Deux panneaux en bois sculpté amours et vase de fleurs. Epoque Louis XVI.

15 — Table en chêne sculpté à pieds tors.

16 — Deux très belles bergères en bois finement sculpté et doré Louis XVI, couvertes en brocart, dessin à fleurs sur fond rose.

17 — Table de nuit du temps de Louis XVI en bois peint rouge et panneaux laqués noir à rehauts d'or, dessus de marbre. Signé J.-F. Leleu.

18 — Bahut en bois sculpté à deux corps. Époque Louis XIII.

19 — Ameublement de salon en noyer sculpté à filets dorés, couvert en soierie fond vieil or brochée à fleurs, composé

d'un canapé, deux fauteuils et quatre chaises. Style Louis XVI.

20 — Buffet-crédence en bois sculpté, le haut garni de vitraux de couleur. Style Renaissance.

21 — Coffre à bois sculpté travail breton.

22 — Deux chaises, style Louis XVI, en noyer sculpté, foncées de canne dorée.

23 — Armoire bretonne à deux portes, en bois sculpté, dessin à ornements.

24 — Grande horloge en chêne sculpté. Epoque Louis XV, renfermant un carillon.

25 — Très belle toilette en palissandre sculpté. Style Louis XVI.

26-27 — Deux jolis lits jumeaux en noyer finement sculpté et ciré à coquilles et rocailles fleuronnées, avec leur literie. Travail de la maison Drouard.

28 — Table de nuit en noyer sculpté

ciré. De même travail, dessus en marbre brèche d'Alep.

29 — Table-bureau en chêne, dessus en drap vert.

30 — Table à jeu en acajou garni de bronzes.

31 — Table à jeu en acajou.

32 — Table desserte à crémaillère en noyer sculpté, dessus à galerie.

33 — Console en palissandre sculpté, dessus marbre noir.

34 — Canapé et fauteuil en velours frappé d'Utrecht, fond mordoré.

35 — Chaise en bois sculpté à têtes de lions, dessus en cuir clouté de cuivre.

36 — Deux colonnes cannelées en bois noir.

37 — Jardinière en bambou.

38 — Belle salle à manger en noyer sculpté, de style Renaissance, composée de deux buffets à deux corps, d'une table ovale avec rallonges, d'un dressoir avec dessus en marbre et de huit chaises en acajou orné de cuivres et foncées de canne.

39 — Chaise en noyer recouverte de cuir.

40 — Chaise en bois blanc.

41 — Lit de milieu en noyer sculpté, avec son sommier.

42 — Chaise longue recouverte de peluche avec bandes en tapisserie à la main.

43 — Table-bureau en bois noir.

44 — Porte-parapluie en chêne sculpté.

45 — Bibliothèque en poirier noirci.

46 — Coffre-fort forme chiffonnier,

47 — Six petites consoles d'appliques en chêne sculpté.

48 — Baromètre.

49 — Porte-manteau en fer forgé.

50 — Grande glace cadre doré.

51 — Glacière en chêne.

52 — Statue du Christ couché, grandeur naturelle, bois sculpté et peint, travail asiatique du XVe siècle.

53 — Buste de la Vierge, les mains jointes, grandeur naturelle, bois sculpté et peint. Même travail.

54 — Buste de la Madeleine, grandeur naturelle, bois sculpté et peint. Même travail.

55 — Buste de Saint-Joseph d'Arimathie, grandeur nature, bois sculpte et peint. Même travall.

56 — Groupe de deux têtes d'anges, grandeur nature, bois sculpté et peint. Travail de l'Ecole du Puget.

OBJETS D'ART

57 — Statuette en marbre : Mignon. Signée Olivéri.

58 — Deux statuettes d'enfants danseurs en bronze patine foncée, sur socles en marbre.

59 — Groupe en bronze : la Pêche, signée H. Moreau.

60 — Deux statuettes en bronze : paysans Louis XV, socles en marbre.

61 — Paire de candélabres en bronze doré formés de deux cariatides portant des bouquets à quatre lumières. Style Louis XVI.

62 — Grande pendule en marbre blanc et bronze doré, représentant un portique décoré de figurines. Style Louis XVI.

63 — Statuette en bronze : Salomé.

64 — Paire de vase Empire en bronze patine verte, anses en bronze doré, sur socles en marbre griotte.

65 — Grande pendule Empire, forme pyramide, en marbre vert de mer, portée par quatre lions en bronze doré.

66 — Deux statuettes en biscuit : le Menuet.

67 — Grande boîte de forme lenticulaire en laque de Pékin rouge, décor aux dragons au milieu de nuages.

68 — Lustre en bronze doré à vingt-quatre lumières, dont trois au gaz.

69 — Jardinière en faience de Collinot ? décor à fleurs et papillons en émaux de couleur en relief sur fond bleu clair.

70 — Jardinière ovale lobée en éventail sur cuivre, monture bronze.

71 — Deux chenets en bronze : brûle-parfums sur balustrades, style Louis XVI.

72 — Deux dessous de plats et un menu.

73 — Deux candélabres à trois lumières, en bronze à figurines, style rocaille.

74 — Cage à oiseaux, forme chinoise.

75 — Quatre pièces de surtout de table : deux coupes et deux jardinières en cristal monté en bronze doré.

76 — Baromètre, bois sculpté.

77 — Garniture de cheminée en bronze et marbre blanc, sujets Flore et enfants.

78 — Garniture de toilette en porcelaine de Chine.

79 — Deux palmiers artificiels dans leurs cache-pots à trépieds en osier.

80 — Deux Christ sur croix, en bois sculpté.

81 — Epée à lame longue et fine, poignée à quillons courbés formant la garde en fer ciselé à petits médaillons, personnages XVIe siècle.

82 — Epée à lame longue et fine, garde à coquille Saint-Jacques en fer, pommeau feuillagé, XVIe siècle.

83 — Epée de cour à lame fine, poignée, pommeau et garde en fer ciselé et doré par parties. XVIIIe siècle.

84 — Deux grands vases en faïence de Venise, décor à fleurs en polychrome.

85 — Cruchon en verre bruni, monture en métal de style Renaissance.

86 — Deux porte-bouquets en porcelaine forme coquilles et aigles.

87 — Groupe en terre cuite : Renard et faisans, signé C. Masson.

88 — Cachepot en faïence décorée à fleurs, monture en bronze.

89 — Suspension de salle à manger en bronze poli à une lampe et douze bougies. De la maison Gagneau.

90 — Garniture de cheminée en marbre noir garni de bronzes, composée d'une pendule surmontée d'une statuette représentant la Diane de Gabie et de deux coupes à couvercles.

91 — Pendule en bronze doré du temps de la Restauration représentant Mme de Sévigné.

92 — Jardinière décorée de fleurs et oiseaux, monture bronze.

93 — Deux vases en verre bruni et émaillé à fleurs et oiseaux.

94 — Lampe en cuivre jaune.

95 — Potiche en porcelaine du Japon, décor à paysage et port de mer.

96 — Statuette en bronze, le Joueur de Billes. Signée Frison.

97 — Statuette en bronze, le Joueur de boules. Signée Frison.

98 — Groupe en bronze, Cheval près d'un tronc d'arbre.

99 — Figurine d'homme assis, en bronze ciselé.

100 — Deux appliques à trois lumières, en bronze ciselé.

101 — Ecritoire en marqueterie.

TABLEAUX

BOILLY (Attribué à)

102 — *La Surprise.*

Jeune femme cachant une lettre.

BOUCHER (Ecole de)

103 — Deux Pastorales.

Cadres à fronton en bois sculpté Louis XVI.

CARANZA

104 — *Tête de chien.*

CHAPLIN

105 — *Floraison.*

Esquisse signée

COROT (Attribué à)

106 — *Paysage.*

FILON

107-108 — *Trois aquarelles.*

GREUZE (D'après)

109 — *Deux Têtes d'enfants.*

HAVEUX

110 — *Paysage.*

KIORBOE

111 — *Chiens de garde.*

Grand et beau tableau (Signé à gauche).

MAES

112 — *La Fortune.*

Signé et daté, Rome 1822.

MARATTE (Attribué à Carle)

113 — *Sainte-Famille.*

MURILLO (d'après)

114 — *La Vierge.*

QANINI (École de)

115 — *Ruines d'un temple.*

PECK

116 — *Grand paysage.*

SÈVRES

117 — *Bergère.*

VAN WYCK

118-119 — *Deux Marines.*

ÉCOLE FRANÇAISE

120 — *Fruits.*

ÉCOLE FRANÇAISE

121 — *Portrait de dame en chasseresse.*

ÉCOLE ITALIENNE

122 — *Sainte-Famille.*

Miniature sur vélin.

ÉCOLE MODERNE

123-124 — *Paysage et Marine.*

Deux tableaux.

ÉCOLE MODERNE

125 à 127 — *Paysages.*

Trois tableaux.

ÉCOLE MODERNE

128 — *Femme devant un perroquet.*

ÉCOLE MODERNE

129 — *Michel-Ange devant son Moïse.*

ÉCOLE MODERNE

130 — *Enfant et moutons dans un pasc.*

ÉCOLE MODERNE

131 — *Nature morte oranges.*

ECOLE MODERNE

132 — *Nature morte pommes.*

ECOLE DU XVIe SIÈCLE

133 — *L'Annonciation.*

TENTURES, TAPIS

OBJETS DIVERS

134-135 — Deux descentes de lits dont une en peau de chèvre du Thibet.

136 — Deux tentures de chambre.

137 — Lot de galons, passementeries.

138 — Quatre ombrelles de fantaisie.

139 — Tenture en étoffe orientale rayée.

140 — Six rideaux en étoffe rouge garnie de pompons.

141 — Très belle peau d'ours brun avec tête naturalisée.

DÉBARRAS

142 — Tapis de table.

143 — Lot de rideaux et garnitures.

144 — Trois rouleaux de moquette.

145 — Deux fourneaux à gaz.

146 — Chaise en paille,

147 — Divers ustensiles de cuisine.

148 — Objets omis.

www.ingramcontent.com/pod-product-compliance
Ingram Content Group UK Ltd.
Pitfield, Milton Keynes, MK11 3LW, UK
UKHW020538180726
13839UKWH00006B/2596